另 外 的 一 天

徐南鹏

著

作家出版社

目录

另外的一天 (代序)

20...... 大雪

21...... 一朵花

22...... 起早

23...... 石头

24...... 窗外

26...... 春天来了

28...... 这一天

30...... 晨月

31...... 庚子春天

32...... 墨

34...... 庚子年：理发记

35...... 二月蓝

36...... 两只猫

38...... 蓝

39...... 自由

40...... 即景

41...... 玉兰

42...... 长江经过武汉依然奔腾不息

44...... 花开

45...... 星光

46...... 月光（一）

48...... 秤砣：公平

50...... 有过

52...... 走急了

54...... 刀尖

56...... 生活

57...... 在鼓山

58...... 小狗

60...... 每只鹌鹑都有不可名状的喜悦

62...... 南新平胡同杨树记

66...... 四月

67...... 睡眠

68...... 人力不及之处

69...... 流水紧紧抓住大地

70...... 逆水

71...... 春风记

72...... 天上飞过一群鸽子

74...... 以水的方式听雨

76...... 猫记

78...... 春风也有猛烈的时候

80...... 眩晕

81...... 吐口水

82...... 速度

84...... 美好的事物皆短暂

85...... 彼岸

86...... 买一张去花朵的站票

88...... 极大的幸福是能够平静、顺畅地呼吸

90...... 如沐春风

91...... 一拳难敌四手

92...... 雾

94...... 英雄

98...... 早晨八九点钟

99...... 换笔记本

100...... 一个人读诗

102...... 新生活

103...... 笑笑

104...... 慈寿寺

106...... 下班路上

108...... 咬

109...... 美好的生活平静而质朴

110...... 紫藤记

111...... 那些光

112...... 人不可苟活于世

113...... 每块石头都有受孕之心

114...... 心里有一片土地冒出青葱的绿

116...... 看无

118...... 五彩斑斓的黑

119...... 春深

120...... 枯荣

121...... 江水无殇

122...... 谁不能干点无价的事

124...... 我有没有来由的悲伤

126...... 跑步者

128...... 嘘

130...... 一只鸟在窗前叫个不停

131...... 日落

132...... 石不语

142...... 小池塘

144...... 干净

146...... 单纯

147...... 诗

148...... 变化

150...... 世事本如是

152...... 蜜蜂

153...... 突然亮了

154...... 博物馆

155...... 黄昏

156...... 窗台上

157...... 名人也有不自然的一面

158...... 管理

159...... 境界

160...... 每辆车后面背着一个太阳

161...... 诗意

162...... 一个人坐在公交车站

163...... 电话

164...... 大海难以理解

165...... 日历与发票

166...... 遇见邮车

168...... 白百合

170...... 月光（二）

171...... 冬泳者

172...... 一道门

174...... 这一年

176...... 我们都有力不从心的时候

178...... 一把刀

179...... 听说

180...... 梦见

182...... 好为难

183...... 美是个错误

184...... 一阵风

186...... 核桃树

187...... 放弃

188...... 每粒尘埃都想回归岩石

190...... 观白鹭

192...... 狗散步

196...... 哀春风

197...... 人这一生

198...... 夜

199...... 五月（一）

200...... 同古巴驻华大使谈话

202...... 打碎一只瓮

204...... 夜半

205...... 钟声

206...... 另外的一天

207...... 见风长

208...... 赠我以石

210...... 贾小美

211...... 火焰是什么味道

212...... 角度

213...... 一片阳光照进窗口

214...... 鞋子合不合适只有脚知道

216...... 退让是因为不知道对方的底线

217...... 泡茶

218...... 我把自己切一下

220...... 说服

221...... 停下来

222...... 三角梅

223...... 空虚

224...... 镜面

226...... 逆飞

227...... 桥

228...... 一阵风来看我

230...... 坐在老屋的石头上

231...... 山里

232...... 五月（二）

234...... 让你为难

236...... 父亲

237...... 呛

238...... 青草记

239...... 想雪

240...... 风把我的窗户关上了

241...... 枪毙

242...... 谈心

244...... 猫

245...... 和尚

246...... 上海来了几个人

248...... 我想做的是

249...... 河流

250...... 下雨了

251...... 文字

252...... 大地

253...... 写下古寺

254...... 芦苇

258...... 我钟爱我身边生长的事物

260...... 不多不少

261...... 月下的大海

262...... 鱼

264...... 有时候

265...... 大片土地沉入海底

266...... 小树林

268...... 雨

270...... 乌云

271...... 石榴

272...... 窗前

273...... 表彰

274...... 蚂蚁

276...... 开灯

277...... 有梦想的生活

278...... 早上好时光

280...... 凌霄花

281...... 百米斜街

282...... 洒药的人

283...... 洗碗

284...... 满月

285...... 无题

286...... 每一次花开都是还愿

287...... 看花开

288...... 随意

289...... 人世间应该少一点什么

290...... 写到一把刀

294...... 那令我颤栗的

295...... 良善

296...... 凭空构建一座国土

298...... 有些话说出来就放松了

299...... 闪电

300...... 把头发理短了

302...... 除了层云笼罩

304...... 火车，你带上我吧

306...... 水面以下

308...... 完美的鸟鸣是圆的

310...... 关于雨的叙述

312...... 慢

313...... 有些人走着走着就不见了

314...... 铁里凝固着火焰

316...... 山顶有些凉意

另外的一天

（代序）

我的一天，大体是和文字一起度过的。

或者说，我是做文字工作的，是一个文字工作者。但是，这些说法都不够准确。它只表达了部分内容，没有表达全部意思。我的一生，其实都陷于这样的困境——试图用文字表达又难以表达清楚、到位——并且一直在努力摆脱这个困境。这是不幸，但我又把它视为幸运，我的一生，得以为文字服务，为伟大的汉字服务。我愿意将这些伟大汉字组成的语言称之为"国文"，它更符合一个多民族而又具有丰富传统的国家需要。在文字中，那些秘不可宣的这个民族的伟大历史、伟大文化，以及族群的密码，纵使穷尽我的一生，也难以全部破解和领悟。

文字是命。一个是命运，一个是命根。我不是职业作家，不能从事那种可以由着自己所思、所愿、所好，用文字去建构一个宏大世界的职业，难免有憾意。这是我少年的梦想，但并没能得以实现。我没有那么幸运。主要是才情不足，没能成就这样的一个人生。但因为这个梦想，我进入另外一个系统，也以做文字工作为生。我写公文，它的成果是领导讲话、政策文件、社论评论等。在这种方式的写作中，见不到作者个人的名字。这是因为任何一个文稿，都是集体创作的结果，都是集体智慧的结晶。没有哪一个人敢说（吹嘘除外），哪个稿子是他一个人起草的，除非这人疯了。

这与文学创作相去甚远。文学和公文二者所调用的思维系统和创作方式不一样，一个运用形象思维，一个运用逻辑思维；一个强调个人自由创作，一个强调集体合作精神。在大多数人眼里，公文死板生硬，面目可憎；文学带着人的体温，带着感情。而我从事公文写作几十年，才明白一点点道理，实际上，大家对公文的憎恶，是憎恶公文中的形式主义、官僚主义，憎恨假大空，而不是憎恨公文本身。公文注重事实，要求用简洁、精练、准确的语言表达，文学创作也同样要求有这种语言修炼，所不同的是文学创作可以想象、虚构，而公文用事实说话。公文不是没有情感，而是说公文不能只是写作者一个人的情感，它体现的是公众共同的情感。这是公文同文学之间的另一种区别。这种区别并不能带来一个直接后果，公文的死板成为公理。伟大的公文同样可以写得富有个性、神思飞扬，比如马克思、恩格斯的《共产党宣言》，比如毛泽东的《反对本本主义》。没有长时间的磨砺，一个公文写作者，难以体会其中奥秘。我一直想象着应该有一条路径，虽然不是很确信，但能够把公文写作同文学创作统一起来，至少在某些方面。二十多岁时有点狂，我用"不管是公文写作，还是文学创作，最高境界都是美"这句话，去回答别人问我如何在两套不同语言体系写作中实现转换的问题。那时，不知人世之艰，不知处世之难，愿望真实而美好。

我对职业一贯怀有敬畏之心，这不是单纯敬业精神的体现，而是包含着我对汉字的敬畏，对中国文化传统的敬畏。每天早上，我六点一过起床，八点前赶到单位，一年四季没有差别。中午，在单位吃饭、休息。"中午不睡，下午崩溃。"下午下班多在七点以后。我开玩笑式地同朋友说，七点走，要偷偷摸摸的，总觉得早了，有点对不起自己拿的工资，最怕电梯里碰上领导。一天在单位待这么长时间，不是在耗，而是事情多得办不完。当然，这与个人能力素质不够也有关系。能力素质高，处理事情效率也高，花时间自然就少。有时候，我想读一本书，书买来了，抽空翻几页，就忙其他事去了，再拿起时，已经是一年或者两年以后的事了。这是我完整的一天，精疲力竭的一天。

这是事实，也是现实。但是，我不能天天满足于此，不能仅仅满足于这样的一天。我得对自己的生命负责。人来这世上一趟，多么不易，多么值得珍视。我必须要把一天延长，尽可能地延长。这是多年来我一直没有放弃写作的原因。写作，让我的一天里多出了另外的部分。此前，我不知道它能够多出多少，十分钟、半小时，或者是半天，或者是一天？一年或者两年甚至五六年，我可以出一本诗集——那份喜悦，如同老百姓攒足了钱，买下心仪多年的房子一般。原本，我心里的时间速度是，一个月写三五首诗。这样的诗，是有感觉有质量的。我也喜欢散文，喜欢写散文时的自由、散漫，但散文写作需要相对较长、相对完整的时间。这对我是奢谈。我只能更加专心于用诗歌来计量时间，用诗写的时间来计算我的一天可以多出多少时间。在意料之外，也在情理之中，我的诗写经历促进了我对公文写作的理解，提升了我的职业能力和水平。今年，因抗疫，不少人待在家里，难以打发的时间更多了，而我比往常更忙，一倍不止。我想试验一下，自己能力的极限，到底能够把一天延长到什么程度。在等红绿灯、会议间隙、饭后散步，或者在别人做操、闲聊、吃饭的时候，我观察、构思、诗写。只要一个人真心想做事，那就有无限的可能。半年时间，有了这本诗集，《另外的一天》，205首。

对于诗歌，我有自己的理解、个人的执着。所幸，在这方面，我保持着专业水准，虽然我不是职业作家。我不对诗人的探索质疑，没有探索就没有创造力，但对其中时下流行的隐藏极深的精致功利主义的诗歌美学不以为然，对由此产生的更大范围内的空洞复制更为不屑。诗歌同小说不同，小说可以虚构，诗歌以真为美。一个人的内心没有大海的空茫，没有庙宇的神圣，而单凭意象作诗，表面看起来似乎阔大而深远，实质上一无是处，甚至令人作呕。在这类诗歌里，大海也好，天空也好，只是死过的词，不会有生机，而且明眼人一看便知。在各种诗歌奖项的设立和引导下，诗歌创作无意中加速了这种虚伪。诗人们不以真为美，不以质朴为美，而致力虚构一个伪善的世界，以此博得赞许，获得叫好声，等评审团投票。圈子文化，一直是诗歌创作的大敌，却得以像病毒一样，在当下四处蔓延。诗人脱离当下，脱离现实生活，或者看似站在当下，但诗情仅仅是或者一味故意地突出个人新奇感受，突出新奇的用词，又走进一条死胡同。当月光如雪，被滥用并叫停时，或许大家对诗歌还有所期待。但结果是诗人开始集体逆向思维，而不是在汉语已有基础上进行同向深挖，不是向土地深处挖掘，而是向虚空进军，这又偏离了语言的正确方向。好的诗歌是让人感受到美的存在，并且能够享受这份美，而不是引人思考，哲学才迷恋于让人苦思。越是处在这样的氛围中，我越发觉得"两个黄鹂鸣翠柳，一行白鹭上青天"的可贵。见众人之所见，言众人未能言。事物的意义，如时间，如我的一天，被延长、被放大。诗人应该致力于此，才能回到诗意栖居之地。

　　每个人，每一天，都可以有一天的另外，另外的一天。

2020年6月18日于北京西长安街

大雪

2020/1/22

我喜欢这匹白马

喜欢它被风吹扬的鬃毛

喜欢它奋蹄穿过人间

穿过大地和我的祖国

我喜欢它，湿漉漉的马尾

扫过我的梦境

它那么大，又那么仔细

它那么小，又那么豪放

它那么快，一闪而过

让一整个冬天有了念想

让行走的人，一并有了远方

一朵花

2020/2/3

心生一善念

有一尊菩萨落在心头

日行一善事

又有一尊菩萨

住进心里

火车在加速

不经意间，人世

悄无声息开出一朵花

起早

2020/3/13

起这么早的人很少

这么晴的天，也很少

站在窗前，看见晨曦的人

是幸福的。一个人

静静地看

像受洗

天色的味道

是一杯浓咖啡

在桌上慢慢变凉

再一会儿，阳光就要落在地板上

再一会儿，忍冬就开了

再一会儿，蚂蚁也要找到蜜

这一天，如此美好

看见，但无法说出全部

石头

2020/3/13

你说吧，静静地说

我试图去听懂

石头是会飞的

当它松开，那只抓紧大地的利爪

当石头张开翅膀

天就黑了，从来没有那么黑过

石头飞起来，就像仇恨

窗外

2020/3/13

办公室窗外，是一片

低矮的杂院。一两棵杂树

高过屋顶，像对生活的愿望

去年冬天，下过几场雪

白雪落下，栖在小片的斜屋面上

和落在西单大街，落在国贸

高楼上，味道有些不同

我说不清楚：对比更加强烈？

穷人同等得到大雪的眷顾？

我想知道，谁住在里面？

他们怎样处理生活的杂乱？

我想躺在其中一间小屋的床上

一整天，望着小窗的光线变亮

又转暗。那里成长的少年

也曾经被爱情的鹰爪攫住

透不过气来？那几棵

把身子扭来扭去的杂树

春天也会冒芽、开花

秋风会再次摇响满树黄叶

我看不见屋顶下的人们

但更高处的天空，一定是看见了

因此，在岁月的流水中

杂院安静

也赠我予安宁

春天来了

2020/3/24

春天来了。多么想

乘着夜色朦胧

到山里去，同寨子门前的

山桃见面，跟她说句话

不然，明日桃花就开透了

南方下小雨

往山里去的小路湿滑

青石板爬满苔藓

像命运的注脚

我戴着斗笠，背几部线装书

余生就在寺院住下

在山坡上种青菜，种花草

然后读书，写字

痴痴等，那花

来年再开

偶尔，给远方的人

写信，也没多少要说

把几片白云寄上

把燕子呢喃翻译给她听

这一天

2020/3/25

这一天，无非是日出日落

无非是晨钟暮鼓

无非是阳光，四四方方照在院子里

远游的雀，回家了

住在最高的树冠上

这一天，我试着安放自己

在窗前看远山

或者面壁，读一面白墙

上头写着的万里风云

或者在一杯茶中

在一册打开的经卷上

这一天，陪着我的
有时雨，有时雪
有时是侧着身子的微风
有时是夕阳
扶着半掩的山门

这一天，菩萨照样无事可做
眯眼，微微笑
看着，端坐心头

晨月

2020/3/25

一早出门

开车行驶在四环上

一抬头，看见

半轮月

悬在天上

东方的楼群中

那圆日，就要跃出

月，似乎

有些慌乱

好像游戏中

跑错房间的孩子

看到了不该看到的

庚子春天

2020/3/25

在北京，我开着车

从来没有这么不堵的路

太过于空阔……

像我此时空落落的心！

在南方一个地方

春风未至，日未暝

在另外一条路上

那让人陷入沉默的，那异于平常的拥挤

墨

2020/3/25

她顺手

抄起案上的水鱼

砸出去

她以为，这是往前砸

可以把前头的日子

所有愤恨

砸碎

水鱼在几米远的前方

地板上

碎了，一地的

墨汁，和

碎瓷片

飞溅

有白

有黑

有绿

她不知道

为什么

身后的白墙

也泼上

一摊子墨

似乎那墙

担心这一天

已经许久了

以后，更多的日子

已经无法修复

庚子年：理发记

2020/3/25

我自学了一门手艺

自己低下头

镜中的那人也低下头

我的手指插进头发

微微用力，提起

剪刀慢慢剪下指缝间那绺发

我用不着怕花时间

也用不着去看镜中的人

只要不怕剪着手

只要不怕剪着耳朵

只要不怕镜中那人对我傻笑

如果这一生足够长

如果这不算是一种乐趣

至少，我又能省下不小的一笔钱

二月蓝

2020/3/25

坡地上，开着二月蓝

像一群小小的蝴蝶

不飞

一只小狗

一朵一朵吃着二月蓝花

它活出羊的谦恭

和清白

两只猫

2020/3/25

在瓦面的屋顶上

一只黑猫，无声走着

后面跟着一只白猫

黑猫走几步

停下来，回过身子

瞪着白猫

白猫刚抬起一只脚

没及放下，就停在那儿

黑猫瞪了一会儿，继续走

跳上另一片屋顶

白猫跟着，犹豫一下

也跳了过去

黑猫又停下来，头低下
无声地瞪着，白猫也停下
抬头看蓝蓝的天

黑猫再走，白猫还跟着
保持一样的距离
没有风，阳光暖暖的

春未深，高过屋顶的
槐树，看见这一出
差点，笑出一身嫩芽

蓝

2020/3/25

因为喜欢澄净

所以喜欢蓝

蓝，一直蓝下去

蓝到透亮

蓝到爱

爱及一切同蓝有关的

人和事

爱到蓝吞没我

吞没一切

霸占大部分地球的蓝

占领全部天空的蓝

自由

2020/3/26

一块石头的粉碎, 给了
沙子自由。我看到
日夜喧响的潮水
是坚持, 也是否定
是不安, 也是哭泣

我迷恋的
自由, 也有暗黑翅膀和气息

即景

2020/3/26

4

傍晚的阳光照着远处的红色屋顶

像依偎，也像是安抚

我喜欢这个时光

我喜欢那平整的屋脊线

三角形的屋檐有暗影

它想忽视自己，却得到了突出

尤其是那个燕子巢

必定是温暖的，像一阵微风

缓慢地吹着，掠过高于屋顶的树梢

吹向远处，一蓝到底的天空

连一片白云都不肯留下

一些东西可以传承

一些东西永不再见

玉兰

2020/3/26

迎春花开得无声无息

谢了，也无声无息

今年，好似它根本没到过人间

然后，玉兰开了，还是

去年的热闹劲

远远地看（这个春天染上病毒

不宜挨得太近）

不知它们，戴不戴口罩

粉的、紫的，白的最多

只是没有看见海蓝色的那一种

前线护士戴着的那种

或许，玉兰太干净了

从来也不需要护士？

长江经过武汉依然奔腾不息

——写给庚子大疫后的武汉

2020/3/31

长江经过武汉依然奔腾不息

其实，就这句话

就足够让我的内心翻起层浪

更何况，成群的鸥鸟

学着浪花，翻转身子

同时，也翻转梦魇

东流去，东流去

更何况，有人坐在岸边

怀想水击中流的往事

黄鹤杳去，楼还在

一待一宿，一等千年

更何况，十多天就建好的

火神山医院和雷神山医院

怯怯地站在夕阳里

在城市浩大楼群的队列里

更何况，武大的樱花开了

隐忍的爱情懂得时节

一颗年轻的心，因初吻

跳腾如小鼓

更何况，春天

让江面开阔了一点

让江风吹到了对岸

花开

2020/4/12

花开了，每一朵

都在应该在的那里

都最完美，不能再改

花开了，每一朵

都以自己的方式和色彩

不模仿，也不造作

花开了，每一朵

都呼吸着空气

喔，那么自由！

星光

2020/4/12

一粒星光，照见一个尘世

那里有我对人生简单的憧憬

因为看得见

便感受到幸福，细密的，像针脚

真实而饱满，这足以

给我信心，步子不再迟疑

许多夜晚，我独自坐在院子里

静静仰望，阔大的苍穹

我无法准确说出

稀疏的星光，以及

它上次所在的确切位置

但我知，它一直在

在头顶照临

在我心里，闪烁不停

月光 (一)

2020/4/12

看完乡村露天电影

比如《闪闪的红星》

比如《渡江侦察记》

回家路上

父亲把我扛在肩头上

近处的树木、房屋

退隐进黑暗

小溪叮叮咚咚跑向远处

寻不见踪迹

大山，剩下剪影

平面一样耸在前头

各路神仙剩下怦怦的心跳

父亲大声唱歌

暗夜里传来阵阵回音

而月牙，斜挂天边

把细长的光之尾巴

探进池塘

搅乱满天星斗

而蛙鸣，像一根绳索

紧紧绑着

多年后的我此刻的听觉

秤砣：公平

2020/4/13

古厝倒塌，重修。空地上
我意外找到两个秤砣
被弃在泥土里
一大一小，两块石头

小时候的记忆重被钩起：
大的估计是百斤大秤
称木材，出栏的猪和谷物
小的是六斤

称油和米，称鸡鸭和肉
当年一斤十六两
这个必备的物什和计量
早已没有人会用

我把秤砣在泉水里洗净

秤砣自知是石的质地

过去多年

只多了些许包浆

借着灯光，我细细观察

一大一小两块石头

一致的冷静

但有不变的特殊器形

即便被弃置

甚至也会被风化

最终变成一把尘土

然而，多年前它们压住秤尾

默默守护的两个字

还会以另外方式

在人间

继续传布

5

有过

2020/4/13

一生中，要有过

这么一次

一个人行走在大雨中

要使很大劲

才能迈出一步

那一条路上

只有你，看着自己

孤单，挣扎，但不停止

真想找个怀抱

痛痛快快哭一场

一生中，要有过

这么一次

一个人躺在山坡上

看着满天星斗

狠狠砸进脑海

迷茫，幻灭

你看见自己的渺小

风再大一点

就会把自己吹跑、吹散

了无踪迹

一种弱小，被伟大所包含

一生中，要有过

这么一次

不是因为冷

自己把自己抱得

更紧

走急了

2020/4/13

走急了

就停下来

找个阴凉的地方

坐在一块石头上

或者靠在一棵树上

不行，直接

坐在草地上也好

讲究的人

铺上一张纸

或者把行李包

垫在屁股下面

这时候

你会感觉

吹动的风

拂过额头

清清爽爽的

树和草

都很绿

手指一碰

会流出汁液

就像此时

自己的眼睛

被暖暖的阳光触碰着

也有汁液在涌动

刀尖

2020/4/13

谁都想

自己的一生

在一朵花上

舞蹈

事实是

每个人都在

一朵花上旋转

自足

只有少数人

看明白

那是在刀尖上

跳舞

大多数人看见的花

只不过是

刀尖上

反射的光芒

冷，且锋利

生活

2020/4/13

日子还得过，一天一天过

生活或许千疮百孔

苍穹却看不见一个补丁

偶尔刮风，偶尔下雨

甚至电闪雷鸣

天，能做到

扯几片云

擦一擦，又是

晴空万里

在鼓山

2020/4/13

石头，是最热切的

但终于等到这个时候

大块大块躺倒在山坡上

一句话也不说

满山松树

本来并没有什么心事

还是被一阵急风

挑逗起来

啰唆个没完

倒是一群少年

不求甚解

一会儿观石

一会儿问松

一会儿听风

小狗

2020/4/13

狗吃紫地丁

我带它在地里找

狗吃榆钱

我攀上树帮它折

这个春天

狗还吃蒲公英、连翘

海棠花、二月蓝、荠菜

我一一摘下来喂它

过去我不知道

这些美丽的植物

叫什么名字

还能入药

有的明目清肝

有的健脾利尿

——有些事

狗知道得比我们多

狗吃着花草

我开心拍视频

发朋友圈

听各种点赞

"这狗是要成仙的架势"

狗看见其他狗

要吠

要冲上去打架

争地盘

这是本性

但，我把它

提在空中

训它

要懂规矩

要戒除不良习性

照看一条狗

多么像照顾

另一个自己

每只鹊鸲都有不可名状的喜悦

2020/4/14

在清晨，在黄昏

他们聚在一起

像亲人，像来客

从这棵树飞到那一棵

从刺槐到白桦

从柿树到核桃树

有的从樱花

飞起，落在一棵海棠上

他们飞起时——

花香四溢

他们也从高枝跃落到

低处，唱着歌

聊聊天气，或者

谈谈某处花园的见闻

有时，也落在草地上

挺着胸脯，哲学式地

漫步。他们有

不可名状的喜悦

不光是为了填饱肚子

生儿育女。就像

深山中的小溪

缓慢而自在地流淌

像迎着风的树

哗哗响个不停

南新平胡同杨树记

2020/4/14

6

因为活得太久

看得太多

知道太深

雨水是否丰沛

历史是否偏离

——刻写在年轮上

还是因为敢说话

风来了要说

雪下了也要讲

春夏秋冬都有故事

未枯死，但也没炼就

不逾矩的好脾气

或者只是因为长得太高

高过三四层的小楼

高过一个时代

所以，危险

比如，雷电

容易找到它

把它当作目标

在树身上凿下印记

甚至把它点燃

成为一面火的旗帜

或者直接击倒

比如,风

也会把高处的树干折断

以显示自己的力道

然后,树边的房子

树下的汽车和行人

狗,游戏的儿童

会被砸倒、砸伤

所以要行刑

要被砍头

有一天,来了一群工人

扛着电锯

攀上梯子

先把低处的枝锯掉

然后往上

整棵树的枝横陈一地

然后是树干

从上往下

一截一截地锯

像有严密的施工图

那几天

胡同从来没有那样忙乱

到处是树叶

到处散发树的青涩气息

细枝，树干

胡乱堆在地上

有手指大小的

有碗口那么粗的

有一人抱不过来的

后来，只剩下

一截，默默地戳在地里

像一根带皮的柱子

刚好高出围墙

从楼上往下看

能看见断口处

巨大的创口

对着苍天

却喊不出一句话

很少有人的一生

遭遇这么沉重的痛楚

第二年，在

树的断口周围

疯狂长出

一簇新芽

不久就抽成条

不久又变成新枝

长满叶

特别繁茂的样子

看起来，那

不大像是怨言

而更像是

全部的力

聚集起的希望

四月

2020/4/14

就像吹灭一盏灯，四月将尽

花要谢了，很平静，也足够从容
暗里，有人怀抱果胎，比米粒小
还不敢宣称，必定会长成果实

流水存在于流水之中，不留痕迹

睡眠

2020/4/14

亲爱的，跟你说件事

睡眠是一提灯笼

每一夜，我都举着

往暗里走

只希望你在

只希望你亮出翅膀

在同一个灯笼的光照里

人力不及之处

2020/4/14

高处，有飞鸟

低处，有游鱼

空旷之地

有风吹，有冥想

万物一一经过我

得以验证

人力不及之处

有边界

神，居于此

流水紧紧抓住大地

2020/4/14

即使在悬崖

它也没有乘势飞起来

而是重又落在大地上

更紧地贴着大地的身子

这还不够，它还像

一棵树，把根

深深扎进大地

供出自己

润养大地

成为大地必不可少的

一部分

逆水

2020/4/14

逆流而上

脾气就急了一点

浪花就高了一点

使出的劲

就要持久一点

宁可慢一点

却不能停下来

宁可把前路想得难一点

却不能找退路

放任船只顺流而下

不可能回到起点

时间改变了酒的醇度

改变了指针的节奏

但从来没有改变过

流水的方向

从来没有改变过

探求真理的本心

春风记

2020/4/14

春风小，但不弱
在樱花树上荡了会儿秋千
摇落许多花瓣
看得小女孩心疼

春风细，且绵长
在草地上打滚
一会儿，急得
手和脚纠缠在一起

春风到了水边
是最顽皮的时候
把黄橙橙的柳枝吹斜了
把平缓的湖面弄皱了

春风暖，还很安静
从门缝钻进屋里
不翻书，趴在白猫身上
和阳光一起睡着了

天上飞过一群鸽子

2020/4/14

窗外，我看见

一群鸽子在飞翔

从西单开始

向东飞，到广场西侧

折返回来

十多年前，大致在

这片天空下

我经常看见一群鸽子

清晨、午后

自由自在地飞

我想象着这是一群白鸽

事实上灰鸽居多

我不知道，我看见的

这一群，是不是以前那一群

也不知道，为什么

一群鸽子守在这里

其间我已经搬过好多次家

我只记得，以前那一群

飞过天空的时候

经常会响起鸽哨

现在，我侧着耳朵

听了许久

却什么也没有

再听

恍惚间

从很远的地方

传来一声呼哨

以水的方式听雨

2020/4/16

昨晚在园子里，偶遇

一场小雨，急急下了几滴

我想起这个句子

"以水的方式听雨"

以一面水塘、湖，或者海

听雨，那是怎样的心动？

和我曾经坐在

铁皮屋顶下

瓦面屋顶下

或者在紫藤的花房里

听雨，感受不同

怎样以水的方式听雨？

一早开车上班

路面有明显的下雨痕迹

似乎昨晚的雨不小

但我并没有听见"雨"，也没听见"下"

我怎样完成，以水的方式听雨这首诗
用它作一本诗集书名也不赖，我想

在故宫西北角，北长街北口
一辆同向行驶的电动车
撞到我正常行驶的车子右前侧
甚至，我来不及反应
虽然，我车速不到二十迈

一整个上午，其他事都放下
没有什么比人重要
我带他去了两家医院
直到确认只是受点皮外伤
我可以以我的方式
感受他的担忧和所受的痛

他说，昨天下雨
路上湿滑，刹不住车
应该是，诗集也等不及这个书名
以水的方式听雨
不是想，是直接刺入
是猝不及防？是不及反应？

猫记

2020/4/19

收养两只流浪猫

都一身白

它们姓白，应该是对的

大半岁的那只，叫它小发

小的那只，干脆唤作小白

小发喜在花间散步

插在花瓶里的花，它要

一朵一朵闻

蜡梅、芍药、水仙

一一细加辨认

小白重吃，体积迅速膨胀

可能同小时候挨过饿有关

安静的时候，它喜坐在

书案上，仰头观察

天花板上变幻的光影

钟点工阿姨点赞："别人家猫

叫什么纳西、代尔门，

哪有小发、小白好，

叫着实在，听着亲切。"

春风也有猛烈的时候

2020/4/19

很失控的样子

把天空中云的衣裳

胡乱堆在一起，扭作一团

让别人无路可走

让自己也没有出路

一只飞翔的鸟

悬在半空，不想丧失信心

很着急的样子

猛烈拍打着房屋

一会儿把门推开，一会儿把窗关上

楼道里嘭嘭响个不停

抓狂的样子很骇人

也全然不顾及一树的花

被吹得七零八落

直接，而有力

不是羞怯，不是欲言还休

似乎，同欲者胜

不是为了倾听

春风也想

掀开地球一角

看一眼生之谜底

之后，是惊蛰

是一声无遮无拦的雷暴！

眩晕

2020/4/19

半夜醒来，头痛得厉害

我试图翻个身

一阵眩晕袭来——

不会有更好的姿势！

你所处的，是最合适的

只不过，有时人更相信梦境

一切虚幻在于抚慰。

但眩晕是真实的

再重的肉体，都被轻易举起

旋转。像一片落花

在浩荡的春风里

不可自止

吐口水

2020/4/20

朝窗外吐口水的人

当他下楼

口水正好落在他头上

有时候，世界有怜悯之心

但也有恶作剧之意

把一座天空的雨水

全部砸在大地上

只是，只是

大多数人，不懂

速度

2020/4/20

正在加速的高铁上
我感觉自己被分离

完整分离，从无限的
躯壳。前一个我
追不上后一个我
无数的我，散佚在空间中
一时难以聚拢

近处的树木，建筑物
身影被夸大，如果你

恰好站在铁轨边

就会看见我，那张

被拉长而扭曲的脸

甚至，我的想法

也在加速，再快一点

就能够回归本原

回到出发点

只有远处的白云

悠悠然，几乎一动不动

美好的事物皆短暂

2020/4/20

我讨厌这一套说辞

似乎在理，但煽情

易于赢得浅白的喝彩

事物的美好，唯一己之愿

短暂，亦为一私之念

流水所过之处

刻写下痕迹，不为人所知

当然，静流面上

打漩儿的泡沫

不能说它不是流水

但绝不能说它是流水

彼岸

2020/4/20

坐在电脑前

我是电脑世界的彼岸

电脑里的那个人

一辈子，都想

削尖脑袋，从屏幕里

钻出头来

探看一下

我的面对电脑的状态

买一张去花朵的站票

2020/4/20

那是一路摇着铃铛的小火车

窗户半开。绿色小车厢。

随叫随停。单程车票。

客人很少。老人和小孩

凭窗而坐。始发站在初春

一场大雪刚刚消融

从清晨出发，至于抵达

时间，依心情而定

餐车干净整洁

白色瓷餐具。新鲜果蔬

与爱人面对面。阳光

均匀洒在我们中间

景物清朗。雨水丰盈

花开，不声不响

叶脉的轨道纵横

弯道鸣笛。笛声脆

大地深处波涛汹涌

山谷被风和回音填满

花香从来不刹车

路上有飞鸟和蜂蝶迎送——

我们一起去看

美的真相

极大的幸福是能够平静、顺畅地呼吸

2020/4/20

中国工程院院士王辰

一名呼吸病学与危重症医学专家

在庚子春天，武汉解封之后

接受记者采访时说：

"人生在健康上极大的幸福，

就是能够平静、顺畅地呼吸。"

比如，前不久病中的武汉并湖北

比如，全世界染上新冠肺炎的亲人

比如，为精神追求而冥想的作家

比如，读到这则报道的我的现在

看到王辰名字

就想起王成，小时候看电影《英雄儿女》

王成喊道："向我开炮！"

向我开炮，震撼人心

自由呼吸，令人向往

两人之间隔着几十年

却又相互呼应，向我一个人开炮

不就是为了更多人能够自由呼吸？

真的，人生

极大的幸福是能够平静、顺畅地呼吸

诗意和现实

联系从来都是如此紧密

如沐春风

2020/4/20

干而皲的岁月

也愿意享受

她轻柔的抚摸

她撩起我的衣裳

悄悄光顾一片山水

和细部的皱纹

阳光被云朵吸收了一些

被长出细叶的树影

截留了一些

浓度正好被春风融化

我的毛孔舒张，像一朵花

正好挡在风的去路上

一拳难敌四手

2020/4/21

当季，买了一枝牡丹

插在花瓶里

刚加上纯净水

王者霸气就从花瓣

漫溢出来

一屋子的花草

挪动哪一盆

放在近旁

都不适宜

都花容失色

后来，找出一个大花瓶

插上十几枝

怒放的海棠

牡丹内在的凌厉

部分得到安顿

雾

2020/4/21

一团混沌的思想

处处充塞疑问

如果万千事物已无法清空

是不是可以遮蔽、失忆

一场没有勇气下的雨

一次无法解释的逃避

谁想驱赶它，像驱散

一群羊？谁又是狼？

哪里有真相? 来信上?

远方赶来的邮差, 脚都跑烂了

有人把自己紧紧包裹

用修辞和暗语

有人想立头功, 一头白发

身影消失在街道拐角

是谁开着卡车, 狠踩油门

在平原上狂奔

英雄

2020/4/22

每次过天安门广场

总要望一眼

屹立在那里的

人民英雄纪念碑

英雄

是一个人的名字

是一类人的称谓

那些人

我并不认识

那些事

无非知道梗概

在某个历史节点

是他

是她

是他们

用身体

接上断开的电线

用热血

延续河流的奔涌

民族的时钟

才能连秒针

都不曾停顿

他们是儿子、女儿

他们也是父亲、母亲

他们有痛和悲情

也有感受的真实

因为对美好和幸福

保持强烈渴望

所以要直面割舍

甚至经受火烧雷击

要以血肉之躯

咬紧牙关

硬扛

他们倒下了

倒在黎明前的黑暗里

甚至化作灰烬

但, 疼

一直在

丝丝不绝

在时间的深处

但精神

一直在

如碑石般矗立

顶起一片天空

压实脚下的大地

英雄

我不能

一一叫出

你们的名字

但纪念一直在

在一代一代的传统

血脉赓续和历史逻辑中

早晨八九点钟

2020/4/22

我安静，一如老式木椅
坐在早晨八九点钟的阳光里

我是这一天的一个琴键
没有手指弹奏

阳光照在背上，暖烘烘的
它向上移动，照进衬衣领子内侧

金子一样的时间，在流动
身影缓慢变矮

像是一只手指，轻轻地
按在琴键上

我在等，一个声音
骤然响起

换笔记本

2020/4/23

旧本子写满了
合上，像一具棺木
我把它放在最高的柜子里
那些过去的，不可重复的
日子，沉沉睡去

打开新笔记本
纸张的鲜香味散溢出来
未来的日子，排着队
一个挨着一个，像鱼鳞
细密而有序

过去和未来，在两本笔记之间
完成过渡。而时间的河流上
我再仔细，也找不到
缝合的纹路

一个人读诗

2020/4/23

一个人坐在窗前

黄昏柔和的光影里

读一首诗，那是美的

没有人强迫

也不必计较花多少时间

那是自由的

在诗里，有庙宇

有宫殿，雨中变老

有山，如睡佛

有水，如爱

有花草树木，春夏秋冬

有人的未知和智性

读着，读着

有时候想笑

有时候想哭

想一个人坐在山坡上

放出声音大吼一声

你说不出来由

一阵风，趴在窗台上

当你放下诗集

它也来读

想知道，是什么

让你如此不能自已

新生活

2020/4/23

她坐我对面

吃我煎的香蕉饼

她说，过去的日子

有温情和回忆，让人不舍

她说，对新生活

要拥抱，不顾一切

她说，没有人会因为

旧手机存着几千张照片

而拒绝更换新手机

我想问，为什么不能不用手机

笑笑

2020/4/23

这是一个人的乳名
我认识的人认识的人认识她
我笑笑

同事说他自己是初中生
称我是博士后
我笑笑

说着说着，她忍无可忍
在电话里骂，畜生
我笑笑

他约我喝茶，我开两小时的车
赶去，喝一口淡淡的花茶
我笑笑

眼睛一睁一闭，一天过去了
眼睛一闭不睁，一辈子过去了
我笑笑

慈寿寺

2020/4/23

拍一座塔给你

重点不是让你看塔

百度塔的来历

不是考古塔砖

哪一块是明制

哪一块是清制

哪一块是当代仿品

也不用考察哪一位

皇后何时来拜谒

哪位皇子陪同

甚至不用你猜想

我审美的情趣

你不必等春天

想要找人踏青

把下午时光慢慢耗掉

看花、喝茶

偶尔照几张小照

照片上的脸要瘦些

腿要长些，像塔下的

树影，在晚风中婆娑

我单纯地想

让你看塔尖

挑着天空的蓝

像剪下海水一角

也像碧玉

佩戴在你的脖颈上

多少难得

多么完美

下班路上

2020/4/23

早的话我也要七点多下班

路上还很堵

庚子年初有一阶段不堵

但我心是慌的

路堵了，有的人心也堵了

我学会了一点散淡

跟着车流慢慢开

不变道，不按喇叭

我喜欢这种平和

这和年龄有关

和经历过些事有关

走着走着突然明白

没有什么事值得着急

着急也解决不了问题

等红绿灯的时候

我看看旁边的车

看开车人的神情

看见笑容时我也笑

看见愁容时我有不忍

并不是每个人都开心

也不是每个人都温暖

我愿意每个人

都在回家路上

不管多远不管多迟

都有人把房间的灯打开

在等你

但不是每个人

都有家可回

路上不好走

我只想祝福你们

心情平静，一路平安！

咬

2020/4/23

有些问题很复杂

有些道理很简单

比如爱

就像你在我胳膊咬上一口

咬得多深

爱就有多深

咬得多痛

爱就有多痛

多么舍不得咬

爱就有多柔情

美好的生活平静而质朴

2020/4/24

他咬咬牙，把一天所得

全部掏出来，买了一大块肉

妻子在厨房忙碌起来

灶火烧旺，炊烟弥漫

他坐在门口的青石上

抽烟，看远山，众鸟投林的喧闹

山村小学的钟声响起

孩子们涌出教室，各自回家

妻子把一大碗肉端上桌子

对孩子们说：多吃点，多吃点

他看着，没有动筷

目光比看长势良好的庄稼明亮

紫藤记

2020/4/24

紫藤是绝壁，同时是断崖

当它从高高的藤蔓上

悬下紫色的花簇

当高贵低垂着头颅

这个春天的花都该败了

一个季节的谢幕。

我是天黑以后来看你的

用手机灯光照着其中一串

发出紫色光芒：

多么像一场不能安静的睡眠！

像路口的不期而遇。

蜡烛烧燃：从来没想过点亮

整个世界，只是把一点光

奉献出来，而不急于说出真相

继续吧：该开的开，该败的败

该结果的结果

那些光

2020/4/24

天地混沌

光的手把天地分开

不同质地的光

在组合，然后生成

植物、动物、亲人和诗歌

那些光，在你所见事物的背面

那些光已经远离悲欢

悲欢本身也是一种光

离合也是，交织与混响

那些光，引领你

你信，光就显现

没有人真的会一直迷失

迷失仅仅是幻象

人不可苟活于世

2020/4/24

其实只想说这句话

其实这句话早就被人说过无数遍了

其实到了我这里就是重复

其实重复就是为了延续

其实延续是对先人的承诺

其实承诺是对后人的交代

每块石头都有受孕之心

2020/4/28

洪荒不过一瞬

时间一直流毒

每块石头都有受孕之心

炽热是深入的、持久的

有个声音，隐秘地喊：

悟空，悟空

心里有一片土地冒出青葱的绿

2020/4/28

就一小片土地

像山脚下自己开垦的自留地

平时很少光顾，但

需花心思

打理，浇水

它的季候就在一念间

有时是一座花园

有时是一丛果树，梨花烂漫

有时是一棵梧桐，绿叶婆娑

有时是一片荒地

冒出各种草

有的是风吹来的

有的是鸟衔落的

都一一长出新芽

很茂盛的样子

一天不打理

就会杂草丛生

也会变成荒漠一片

沙尘弥漫

每一滴雨

每一滴泪

都会迅速被吸走、蒸干

每天，我得静下来

弯下腰，拔拔草

或者拉把椅子

坐在这片土地边

和它说说话

像星星，一闪一闪

和我们说着话

看无

2020/4/28

圆融那个境界

我尚做不到。无法度。

有时就会看无一个人

比如面上一套、背地一套的

当面对你百般奉迎

转头就说你各种不是

笑面人不可怕

暗施冷箭者通常有嗜血之心

比如对上卑躬屈膝，对下飞扬跋扈的

经常把属下骂得狗血淋头

不骂似乎怕人看无他的能力

见到上级恨不得把腰弯到膝盖以下

呵，对下严苛，对上必谄媚

比如假话连篇、从不脸红的

拍着胸脯说，一家八口人为革命献身

爷爷死时十三岁，父亲才八岁

头颅被悬在城门上，几天没人收

——说谎话习惯了，不说会难受

我看无的人

与他有多少钱没有关系

与他当多大官没有关系

与他有多少学问没关系

是男是女，也没关系

我看无的人

怎么是平常相处不少的人

我写首诗

让他们好好活下去

作样品

五彩斑斓的黑

2020/4/28

比如，人生就是一个方案

你是自己的客户

也是设计者，你给自己

早早预付一笔订金

——需要用浅显的线条

和五彩斑斓

画出黑

春深

2020/4/28

一朵花开了

然后谢了

刚下场雨

一夜之间

门口的海棠树

花败光了已经

多少的国亦如此

来不及惋惜

惟见长空残月

和铁蹄下的瓦砾

枯荣

2020/4/28

花是呈现

风是解读

香是开悟

或者是迷惑

是过敏，是窄窄的巷道

是自弃之意

我是主子，和不安

以自己的枯荣

主持这个世界的兴衰

江水无殇

2020/4/28

春天过于辽阔

两岸春衫就显得瘦了

江水腰身逐日浑圆

群鱼略显紧张

鸥鸟忽高忽低飞

说过往船只的老故事

总有人在看，在听

一条河流生发的诸感慨

总有人在河边

叠纸船，交付给滔滔江水

谁不能干点无价的事

2020/4/28

生命无价。谁不能

干点无价的事?

我看见一个小女孩

站在一树花下,喊着

"妈妈,快来,真香!"

冬天早晨,爷爷

靠在墙脚的椅子上

晒太阳,打鼾

外公在世时,七八十岁

还在乡间走动,给寺庙

画壁画、花草、童子和神仙

曾经少年，我跑到

巷口，让风吹

体验被风淹没，又浮现

无价如此平常、古老

却是用钱难以购得

哪怕一丝好心情

比如明月一枚

比如窗下吟诗

比如水上放歌，听琴

比如，朋友远来

对饮甚欢

比如，我反反复复说

干了这一杯

我有没有来由的悲伤

2020/4/28

我有没有来由的悲伤

像潮水，猛然淹没我、窒息我

我说不出为什么

显然不是为明月孤悬

不是为流水无情

不为花落，也不为鸟鸣

我只是莫名地感伤

一个人坐在黄昏里

或者在静夜的黑暗中

泪水突然涌起

我抑制不住

它任意掉下来

我不想哭出声

不想惊动一粒尘埃

一会儿，它就走了——

像是全人类都在场

做击鼓传花游戏

那么一刻

那朵纸制的假花

恰好传到我的位置上

跑步者

2020/4/29

一开始，他是怕

被影子追上

他那么年轻、自信

对方向，对道路

都有自己的理解

他以为一切都能掌控

之后，他同影子并行

仅稍微露出倦态

脚步略显沉重

但还能，保持

呼吸匀称。他们多么像

相互支持的兄弟

后来呢，后来

他落在影子后面

而且越甩越远

他伸出手，想抓住什么

已经连影子的影子

也抓不到了

嘘

2020/4/29

我在想
何为敬

保持谦恭，一贯的
对世间万物饱有感情
遇事，三思而后行
是为敬

对人，施之以礼
对事，以让为先
随后，再退一步

自己的空间

就大一圈

你站在哪里

哪里就有光照护你

嘘，轻声说话

这不是畏惧威权

在宇宙这一庙堂里

总有人

在高处看着你

一只鸟在窗前叫个不停

2020/4/29

似乎知道我身体的秘密

衰老，一小点病，持久的思念

一只鸟在窗前的树上

叫了整整一个上午

把树荫叫淡了！

我的心提着，在窗台上

放些水和粮食

它根本不看，不看我

我学着它叫，啾——啾啾

紧一声慢一声，一会儿

我们有了默契，似乎

我就是从它身边走失的那一只

日落

2020/4/29

暂短的通常是美好的

比如落日

美好的通常是恒久的

比如思念

在暂短和恒久之间

人生是美好的现身

石不语

——泉州古城的记忆

2020/4/29—6/19

1

我信仰真理

却流于浅白

我崇尚抒情

却重在叙述

对石头抱有歉意

无意间伤害了人事

我无语

却被空泛的诗句引领

2

一条鱼，被丢上案板

鳞片齐整，然后

被撬开、剥离

一片一片相继飞起

像获得新生

获得零碎的分身

阳光闪闪。

刀光闪闪。

在谁眼里？是谁？

一座古城，只不过

如一条尚未死透的鱼

阳光下，一条干鱼。

月光下，一地闪光的鱼鳞。

巷子内外，弥漫着

半死不活的腥臭

3

石头，在街巷住了千百年
这一天，有人命令它们
搬家。搬去哪里
没有人说，也没有人问
只是，古城
不再是它们的家

从远山搬来此
它们已经习惯
一种坚硬的生活
像习惯面线糊、蚵仔煎
习惯烧肉粽和南音

习惯让它们盲目

以为自己就是主人

也让外人以为，石头

是古城的骨架

肉体，语言

是不死的灵魂

那纵横的石板路

那石条垒砌的房屋

那高出屋顶的三角梅

石缝中挤出来的刺桐

都这么认为

都这么，理所当然地

错认为

4

它们用漫长的一生
照看着新人出生
哀叹老人故去
多少先人，被抬起
安放上山

曾经长满石头的地方
那里，空了出来
越来越多的人
住进山里

石头和城里人，互换了
故乡

终于
有人要纠正一切
把是，改为不是
把错，改成另一个错

5

拖拉机运来一群工人
街巷一下热闹起来

柴油发动机日夜轰鸣
不知缘由的犬在狂吠
电钻、钎、小镐
一种坚硬，试图
征服另一种坚硬
一种力反抗另一种力

石头房子在颤抖
刺桐花惊慌掉落
啪，在石头上
砸出一地猩红
沉积在历史深处的埃尘
被唤醒，尘土飞扬

一种痛，莫名其妙
突如其来

6

一场内在的哗变

无力阻挡

固化的秩序被修正

一个人的想象

穿上一代人的梦想外衣

一己之见，化为

政策，代表全体民众意愿

没有人出声，没有

除了巷口的犬吠

除了巷子深处三角梅的怒放

7

从来没有过，如此
盛大场面，让人血脉偾张
像千万年前
岩浆冷却成石头

现在，反逆
成为仪式，以为
一种力，足以
让石头回归岩浆
连同最初的热爱和记忆

工人们用尽力
挖、撬、敲、击、抬
一片鱼鳞
从身体上飞起

除了石头本身，没有人
感受到雷击的阵痛

8

一块块铺成路面的石板
几代人几十代人
用脚，用体温，用闽南话
磨得发光的石板

离开了古城的路
离开了古城的城
像一件旧衣裳
脱下，丢进垃圾箱

石头空出的地方
迅速被水泥
填满

古代的美
被以现代化为借口
用方便和秩序替代

9

一座古城在哭
春天哭
秋天也哭

没有人知道
它们将去哪里

古城人不知所以
叹一句:
"今年雨水真多!"

小池塘

2020/5/7

一个神秘国度

小是它的分身

小鱼，小蝌蚪，杂乱的水草

蛙鸣，雾气，水鸭的见证

它有自己的尺度和判断

特别的法律和人情

我知道边界

但不知它的晨昏线

我知道深浅

曾潜入底部捞起满筐的田螺

但不知道什么时候

143

从那水面以下，升起

一只庞然大物，并且

消失在沉静的夜空

它是我孤独时的去处

小，而且庞大

它自己从不孤独

一小半星辰，乐意

常年泡在里面

多年过去了，不知

是不是像一坛腌菜

保持足够酸度

干净

2020/5/8

没有一个人说过
这个时代是干净的
战争，瘟疫，被贪欲
蛀食的人心黑洞
大海深处沉积的塑料袋

没有一个人说过
满意自己所处的时代
也没有一个人真的
不满意自己拥有的时光

多么难以相处的真理呵！
前人所为之事
无非是，保持内心干净
以保持自己的干净

无非是，一个人

躲避，跑上南山

天天扫庭院读经书

晨钟听暮鼓

无非是一两个圣人

以处子般干净的目光

体察时代的艰辛

我向往南山

向往那里的清风和露水

但无意前往

我写诗，无非是

用另一种方式

上山，试图

以保持自己的干净

保持时代的干净

单纯

2020/5/8

单纯就是把对大地的热爱

等同于对一棵小白菜的热爱

单纯就是风来的时候

跟着风跑，风拐弯了

自个人站在那里发呆

单纯是想笑的时候

还能够放开声笑

想哭的时候，却能忍

还忍得住

把对别人的责任

当作对自己最大的护

单纯是修炼

是神　在人间的具象

诗

2020/5/8

爱，太轻了

相对于人间

爱，太小了

相对于宇宙

我不能够为得到一碗粥

而失去无尽的清风

我也不能够为明月

辜负一场安静的睡眠

变化

2020/5/8

他们在讨论诗歌

热烈而真诚

他们对各种流派及特点

有偏执的爱

他们都认为

自己不是对的

而是真理本身

我没有

我从来不插话

飞机已经飞到天上

人类把脚踩在月球的尘土上

我还和古人一样

不顾及现代性

不炫耀结构主义

依然喜欢清风明月

喜欢一盏清茶和竹影

花香和古琴

喜欢自然和淳朴

我和几百年前那些人

没有什么变化

我检点自己

一直不知错在哪里

那么，就让我

还是这样吧

孤独，自我

带着一点莫名的感伤

不自卑，不自怜

也不苟且

世事本如是

你最讨厌的这个人

另一个人爱得要死

那个大家都说不好的人

率先得到提拔重用

回过头　管着

那些说他不好的人

村子里最勤劳的那一位

一直是最穷苦的

命运重轭，一直到死

也没能从他脖子上取下来

世事本如是

自有其秩序和因果

走着走着

天就黑了

掌灯不掌灯

路都在那里

蜜蜂

2020/5/12

蜜蜂把头埋在花朵里

吃吧吃吧，不够

明天还会有的

一朵花对蜜蜂来说

像是药罐，也像是《圣经》

蜜蜂对花来说

像是骄傲，也是不满

从花粉到蜜

就像从平凡到

长出一根刺

突然亮了

2020/5/12

我很迟才回家

天黑透了

我把钥匙插进锁孔

像转动某个生活机栝

推开门，时间轴随即熔断

空间在路的尽头展开

我按下电灯开关

屋内的桌子椅子

从断裂口回归亮处

像黑洞射出光

世界，突然亮了

从不知所终处

闪现在我的面前

博物馆

2020/5/12

一朵花就是一座

庞大的博物馆

一颗土豆也是

它有自己细密的

内心和结构

我这一生不可言说

只在为你建造

一座博物馆

爱多半是远古的方式

但知是个人所有

回忆也是

像两只蝴蝶

在花丛中飞起飞落

黄昏

2020/5/12

我不知道这是第几次写到

黄昏。一生中要经历并且

关注这样宁静的黄昏。飞鸟

在天，但时间似乎静止

诗歌像是人间正在加深的伤口

闪动的念头令人恍惚

或许该是在河边垂钓

一条真理的鱼四处觅食

片刻的闲散我什么都不想做

不想知道对或者错

星光几时沉落是否还会升起

不想知道为什么一面墙

足以将旗杆的投影折断

我听见心里传来咔嚓的响声

窗台上

2020/5/12

更急于打开窗户的不是我

而是家里收养的那只流浪

猫瞧着我叫喵喵目的单纯

如我刚从冰箱取出一块

冰丢进开水前先要开窗

细密的碎裂声它只是想

站在窗台听树上的鸟鸣

吹一吹屋外凛冽的晨风

名人也有不自然的一面

2020/5/13

今天上午在办公室

我看着昨天没有读完的一本书

封面的一位名人

很多人很多人崇拜他

我也是但我发现他

照片也有俗气的一面

脸上有一块凡人的

下垂的肌肉，以及

不太自然的表情

管理

2020/5/13

这一生都在努力学习如何管理

这具躯壳，如何生长和抑制

那深如黑暗的欲望，那烛光般的善念

流水循着河道，并且学会绕过

山脚，而不是直接冲上山顶

把一只口袋扎紧，不漏风

不至于言行失据。三十而立

四十不惑，五十知天命

再难的日子也要一天一天踏实过

六十耳顺，七十呢

孔子言，管理的最高境界

从心所欲，不逾矩

境界

2020/5/13

高境界的，易于理解

低境界的处境和不安

低境界的，对于高境界

有着更多的猜疑和幻想

但也能理解和宽容更低境界的不易

这是独居高处的人难以治愈的孤独

这也是钻石

光芒闪耀的缘故

每辆车后面背着一个太阳

2020/5/13

大晴，早上

开车朝西走

看见前车的屁股上

挂着一个小太阳

平时没有注意而已

其实，每辆车

任何时候都这么挂着

一个小太阳

有时候照耀自己

有时候，也

晃别人眼睛

诗意

2020/5/13

大约是在深秋晚上

时间不太重要

一个春天早上也无不可

一阵风吹着我

像是找了我很久那种样子

我感到身上一阵寒意

就紧了紧衣服

把衣领竖起来

双臂交叉

抱了抱自己

一个人坐在公交车站

2020/5/13

我看见一个人

穿着考究

皮鞋锃亮

坐在公交车站

过了几趟车

他没上

我以为他在等下一趟车

车来了

他还没上

天已经够黑了

车站里没有几个人候车

他坐在那里

不看街上行人

也不看我

电话

2020/5/13

突然

接到她的电话

我一时

没想起是谁

她只说一句话

"昨夜梦见你了"

然后就挂断了

大海难以理解

2020/5/13

大海难以理解吗

什么样的河流

大海都接着

小的河

大的江

它从不挑剔

黄的水

清的流

它也容纳得下

泥沙和垃圾

它全部收纳了

不知道是因为这样

海才变得越来越大

还是因为大海本来就大

所以从不计较

日历与发票

2020/5/13

过一天日子
撕一张日历

这是天经地义的
似乎没什么不妥

开出一张发票
留下一张存根

而历过的日子
哪些是正式票面

可不可以告诉我
哪个是存根？

遇见邮车

2020/5/13

路上遇着一辆邮车

绿色的车皮

没有其他车用这种颜色

我已经

很久没有写信

当周围安静下来

在案上铺开信笺

把烛火挑亮

拿起小楷笔

一笔一画

把心思讲给远方的人听
那种方式叫生活
那种感受是幸福

那是久远以前的事
我已经很久没有写信了
我已经不知道该给谁写
信了

绿邮车
踩油门，超我的车

白百合

2020/5/13

山崖上，早晨

开出一株白百合

比我个还高

大朵的花

在风中招摇

香得厉害

如果开在屋后

整座房子会增色不少

我也能时常看着它

我扛来锄头

把这棵百合花挖起

想把它移栽到屋后

山崖土层薄

长在砾石中的百合

被挖出来后

没能带起多少土

根须受伤不少

我把百合种在屋后

那里土层松软

还浇了许多水

我期许百合继续开放

但到黄昏

百合因失水过多

花和叶子都蔫了

几十年过去了

那朵盛开的百合

还在我心上

连同歉意

一直不败

月光 (二)

2020/5/13

没有院落

月光就缺少立场

没有竹影

月光就不会那么白

对我而言

月光和雪不可辜负

对诗歌来说

月光终将是生命之盐

冬泳者

2020/5/15

一个人，想着

用自己的体温

让整条河流水温升高一点

一条河，想着

把那个闯入者击起的

水花，直接冻成冰

两种想法僵持着

直到，冬泳者

湿淋淋地

在远处码头上了岸

一道门

2020/5/18

那道门很窄

一个人得尖着脑袋

侧过身子

才能钻进去

那道门后面

是一个神秘的世界

一群人都往里面挤

有的老老实实排队

有的骂娘

有的干架

有的踩着别人肩头

有的靠蛮力

有的用巧劲

有关系的把各种关系用到极致

有的刚进去一半身子

就被人拽了回来

进过那道门的人

出来后

大多淡淡地说

"也不过如此"

但，难掩

一丝得意

这一年

2020/5/18

这一年

我可以什么也不做

就等着一棵

柿子结果

让小小的梦想

在枝头上

经风雨

一点一点成熟

一张青涩的脸

熬成鲜红

等年华落尽

不心疼

这不是最重要的

我在等

第一场雪

落在柿子上

小小的红

盖着一层细细的白

世界内部

贮藏秘密的甜

我们都有力不从心的时候

2020/5/18

一种是想做

但不知道怎么做

最后是瞎做

一错再错

一种是根本不想做

随波逐流

命运的竹排

直接撞碎在岩壁上

更多的时候

自己想站着

突然一阵眩晕袭来

就趴在地上

无法动弹

盲目自大，我们

都不自知有病

经常忘记

命如蛋壳

而不是牛皮鼓

经不起

更大的敲打

一把刀

2020/5/18

一把刀

落在尘土里

久而久之

就会生锈

迟钝

这是刀

自己的品性

一把刀

搁在心上

就会越磨越利

闪着

咬人的光

这是人

自己的德行

听说

2020/5/19

入夏许久了

北京天气

一天比一天热

工人挨个屋

清洗空调

这段时间总有意外

北京刮大风

顺便下了场冰雹

也下个沙尘暴

前几天却听人说

西郊的灵山下雪了

灵山顶上

覆盖一层洁白的

冰凉的

夏雪

梦见

2020/5/19

午睡时梦见

雪，飘飘洒洒

下进屋子

案上的书白了

桌面白了

它们经历了从未

经过的事

我坐在雪的纷扬里

全身发白

我不舍抖落

任何一片雪花

我爱雪，融化它们

我也不舍。我想

它要一直下到心里去

雪地上，书上

继而长出一朵花

两朵花，三朵花

粉红的，趣味的

雪更白了

花也更艳了

好为难

2020/5/19

一场雨

只能下在一个地方

但有两条河。一场雨

只能救活其中一条

另一条河就得枯干

和一群鱼同时死去

下或不下不是问题

下在哪儿，确实好生为难

美是个错误

2020/5/19

美本身不是错误

错误的是对美的判断

继续地错，是

对美的态度

是面对美

无法自持的爱

一阵风

2020/5/19

一阵风

从草尖起身的时候

信心满满

它以为自己就是风暴

就要摇晃天底下的雪山

再不行，也得

拔几棵大树

扬几层巨浪

特别是经过广场的时候

它没有扬起沙尘

只吹动旧报纸，垃圾袋

把一个人想说

"好大的风"

塞回他嘴里

跃过几座楼

它就有点倦了

但似乎有不甘

在巷口

呼呼地叫着

打着旋

到胡同尽头

拐了个弯

还有一堵墙

风就不想走了

它在空地上坐下来

慢慢地

躺下去

它折叠起自己

什么也没留下

连不知从何处卷来的

羽毛

也安静得

像不存在一般

核桃树

2020/5/19

初夏的老核桃树

有点轻浮

知道自己有了

在茂密枝叶间

隐藏着小小的青果

再小的一阵风来

核桃树高处的新枝

和叶子都要摇摆几下

毕竟还不成熟

毕竟青果还不是果实

就随意吧

毕竟这样忘我的时间不会多

且看着, 远远地

没有一个宫女不想成为后

放弃

2020/5/20

其实心一硬

其实手一松

其实头一转

其实步一抬

咬着牙

憋口气

出了这道门

就是

另外一道槛

每粒尘埃都想回归岩石

2020/5/20

炙热的心，需要多久

才能冷却成岩石？

石头坚硬，需要下多大功夫

才能风化成泥土？

风需要怎样的机遇

才能带上尘土飞扬？

出发是为了回归

去路早成归途

注定尘埃的运命

飞得再高，飘得再远

终将要落在地上

浮华、荣耀，甚至悲苦

一切终归于尘土

每一粒尘埃都想回到岩石

都在驱赶自己

如同游子

拖一副残躯

带着伤痕累累的心

想尽快

回到家乡

观白鹭

2020/5/22

细细的腿

落在滩涂上

人间多出些欲望

长长的欲望

长胖的欲望

如果再长一点

站在树上

就高于树冠

高于巢穴

如果再胖一点

漫步时

收起的一腿

和大地保持角度

就带点批判味道

而它不在意

展开翅膀

一起飞，必须

始终同大地保持平行

狗散步

2020/5/25

1

昨天傍晚

陪狗散步

对面来了一只小泰迪

看到比自己小的同类

这狗低吼着

扑上去

扑出去的狗身

被绳子拽住

狗一口啃在我腿上

咬人的

经常会为外力所制

导致误伤

2

被狗误伤

心情沮丧

稍作清洗

就去医院

中日友好

能打疫苗

此前不久

刚刚造访

呜呼呜呼

不到半年

同一只狗

咬咱三趟

说是故意

实在不妥

说不故意

低估智商

该是前生

欠它狗账

今世相遇

不得不还

独自驱车

夜色阑珊

急诊挂号

队伍老长

挨到叫号

医生查档

上次注射

尚有几天

才够半年

按照规定

可免打针

小狗下嘴

也看时间

不必挨扎

退回银两

幸耶不幸

懒得认领

血迹已干

痛须忍住

咿咿呀呀

开车回家

哀春风

2020/5/25

春风又一次

把大地吹绿

最高的山上

雪际线的下方

也长出新芽

一个人

要经历过多少次

这样的无情吹拂

才会厌倦，或者

才会无所谓

一个人待着

不吸烟，也不再酗酒

人这一生

2020/5/25

人这一生

就是学习向影子妥协

大部分时间

它伏在地上陪你一个人走

即便你把它置于流水

它也紧紧抓住你的脚后跟，不放手

你有所依靠

它才站起来

它一直在等你

合而为一

夜

2020/5/25

被塞进一个大车厢

汽车上路了

摇摇晃晃

看不清四周景物

这么随意

很难分辨秩序

至于说方向

更是梦中人的呓语

干脆顺其自然吧

对于夜来说

一个人坐在车厢里

只不过如蝼蚁

或者更小

如细菌

五月 （一）

2020/5/25

给五月写首诗

其实不必太长

写一座绿得发胖的山

写消瘦的小涧

苔藓暗长，芭蕉阔大

其实这不是主要的

必须写月季

它的热烈让人不忍辜负

其实应该写

一场小病，发烧，咳嗽

五月，恍惚间就过完了

同古巴驻华大使谈话

2020/5/26

他年轻，自信

语言带着爆发力

我想同他谈大自然

古巴的海岸线和山峦

谈故宫的月色

五月天多么蓝

谈郊区的土豆和啤酒

谈诗歌，他的家人和童年

实际上，我只同他谈了

政党组织架构和理想

谈机构改革的设想和细节

他谈对中国经验的认识

谈美国，封锁

古巴已经六十年

"没有人会低头的"，他说

和中国如此相似

那一片遥远的土地

生产勇气和传奇

也有哀怨和不满

然而，我希望

所有的大地

只盛产麦子、水稻和安宁

所有的天空

涂满阳光和星河

轮流施予安慰

没有强权，没有制裁

他的名字自带诗意：佩雷拉

我用中国式的祝福

结束一段谈话：

谨祝健康幸福、人生美好！

打碎一只瓮

2020/5/26

睡梦中听到一声闷响

我已猜到两个主角

起身，开灯

门厅的陶瓮倒在地板上

本来是进门的一道景致

本想着把它保存成古董

现在，地上一地碎片

以及，伏着一只白猫

猫一见我，抽身而起
白光一闪，钻入床底

不知道是陶瓷自杀
引来猫的窥视

还是猫下了狠手，设计
自杀场景，却未及逃离现场

我把碎陶片简单收拢一下
像是祭奠，也像是原谅

夜半

2020/5/26

夜半醒来

身子都没翻动一下

世界静寂

未喝完的茶在杯里蒸干

最热烈的文字冷了心

被锁在书页上蹲监

残月西斜

像遗嘱

钟声

2020/5/27

整点时，西单钟楼就响起清冽的钟声
像是怕别人忘记他
或者怕自己打瞌睡，一天一天
他不敢合眼，生怕醒不过来

我也为他担心
倒不仅仅是为了我，每次听见他
都像是看见一根鞭子挥舞着，驱赶着

却从来不告诉我该去哪里

另外的一天

2020/5/27

我要用一条河沐浴

我一直坐在这里，一块石头上

盼河流拐弯，从这里经过

我听见河水流逝

我听见河水喧哗，或者叫喊

我听见河水唤着：阿哥

风在催促，在挽留

流水呵，你慢点

人儿呵，你快点

饥渴和恐惧同时扼住我——

太阳就要下山了

河水就要断流了

见风长

2020/5/27

一种疼，在心里，不能与你言。

一种痛，见风就长，不是在体内，也不是在体外，是整个世界。

是白袍染墨。是阳光的刀片，划破海水的深蓝。

是醒悟。也是赎罪。

赠我以石

2020/6/1

我接受过最无私的赠送

是一粒石子

邻居两岁小童在玩石子

拿起一块丢出去

他重复一个动作

开心得像一朵花

阿姨捡回更多石子

在他身边垒一小堆

他抓起其中一块

递给我，笑着看我

这是最无私、干净的赠予
这是人类最早的互助

我没有把石子投出去
像人类早期那样投向一个危险

或者一头动物。没有以此
博得他的大笑

我握着石子，握着情谊
掂量人类的成长史

贾小美

贾小美小学毕业时
哭得稀里哗啦

她妈妈说:"过一段
你就忘了他们的名字。"

"不会这样的,一定。"
贾小美对自己有信心

贾小美参加中考后
开始整理书架

拿起小学毕业合影
只看一眼,就丢进箱底

火焰是什么味道

2020/6/2

火焰是不是有不同味道

比如近期美国骚乱点燃汽车和店铺的火焰

比如前段香港街上烧起的大火

再比如去年澳大利亚的山火

白天和黑夜都在烧燃

土地焦黑，树木成灰

2019年4月15日巴黎圣母院

腾起高于塔尖的火焰

再往前火焰就有点老了

比如圆明园的大火

像石头一样老

像普罗米修斯一样老

火焰是不是味道有所不同

哪一个下的盐多了

哪一个又是有些甜味

哪一个是苦的，哪一个又是辣的

角度

2020/6/3

单位有一大一小两座办公楼

原本在大的那座顶楼上班

偶尔看小楼能觉其小

但不觉得大楼之大

后来搬到小楼

有一天抬头

看那大楼

不仅大

似乎

还

有

点

雄

伟

一片阳光照进窗口

2020/6/3

一部分落在窗台上

大部分落在地板上

这没什么奇怪

只是阳光比窗口窄了一些

而且斜了一点

省下的阳光去哪里了

谁把它装进口袋

转身走开

这行为，算不算贪污

我坐在阳光侧面

记下这些问题

鞋子合不合适只有脚知道

2020/6/3

买一双鞋子

稍微不合脚

以为它是名牌

以为穿几天

脚把鞋子顶开

就合适了

这都过去一年了

不合适的地方

还是不合适

左脚两个地方

右脚一个地方

脚一伸进鞋子

就感觉到了

有点紧

顶着脚

穿上不一会儿

三个地方不同程度地疼

走在路上

下脚就不那么从容

但别人看不出来

合不合脚

原来同名牌没有关系

同时间也没有关系

退让是因为不知道对方的底线

2020/6/3

两个国谈判

从来没有双赢的道理

不可能是一个得到利益

另一个获得道德感

只是在对方面前

自己知道没有绝对优势

而且不知道对方

有没有藏刀子

什么情况下要亮刀子

朝自己捅来时

能不能避开

或者直接把对方制服

所以作出一步退让

退让只是暂时的

只是为了观察对方

那条危险的底线

何时浮出水面

泡茶

2020/6/3

沉默有自己打开的方式

比如茶，选择

滚烫的水

比如饮茶人

选择闻香，再细品

回溯产年的阳光和

雨水。不宜讲解

我一开口

语言就对想象造成伤害

一泡茶

从酽到淡

像花开到花谢

像不可言说的一生

我把自己切一下

2020/6/3

切菜时

把菜的左手小指

竟然没有

和其他手指

一道弯拢起来

而是直直贴着案板

像一根小香肠

我看见了，而且

意识到可能的结果

那一刻，执刀的右手

却没有缓下来，而是

用力切下去

看上去动作很连贯

菜、指甲、指尖上的肉

都在这一刀势力范围内

这次事故，到底是

左手小指故意制造的

还是右手有意而为之

或者是它们合谋

把我的一点怨念

连同一涌而出的血

迅速宣泄一下

我说不清楚

说服

2020/6/3

如何描述一场陈旧的雨

在落下之前的欢愉

和下落时的挣扎

打在芭蕉上的

落到湖面上的

是选择的结果

还是命运的戏弄

而我能够敬重它

姿态优美，迅疾而结实

一直少年，老去的是回忆

经过盛开的芙蓉

雨滴被染成粉红色

一半是骄傲，一半是感伤

停下来

2020/6/4

这中间

我想停一下

却不可能

置身于一条河流

流逝是本质

没有人能够

从本质中脱身而出

停一下也不可能

甚至

连找一个有这想法的人

也是妄念

三角梅

2020/6/5

从南方购一株三角梅

种在北方阳台上

一周后，一些枝条枯干了

一些枝条冒出新芽

再一周，三角梅叶子繁茂起来

甚至看不出曾经受过旧伤

并且顶出几朵粉红的花

只是，只是

为什么朝阳面只有绿叶

花都开在背阴处

空虚

2020/6/5

北方黄昏的天空晦暗

云层低垂，几只

黑色大鸟在飞

像是对空虚的反抗

或者仅仅是体现空虚的在

空虚吞没天的蓝，甚至

我所见的一切，以及我

但空虚仍然空着

正在吞没光，当天色再暗一点

空虚就凝固、变实

不可逆

镜面

2020/6/5

我已经适应镜面

把我反过来呈现

我的左手在它的右边

我的右手在它的左边

以物理学角度，我

加深对幻象的理解

这一点，还不如

一只猫，它无法接受

镜面呈现的是另一个自己

每一次站在镜子前

它都举起左爪

和镜中的敌人对打

猫也难以接受

镜面里的猫和自己一样

迅疾，果断，不退却

猫不盲从

它的争斗，映射我的无奈

逆飞

2020/6/8

一只逆着大风飞翔的鸟

突然停在空中

不是前行, 不是后退

也没有坠落

而更多的时候, 飞鸟

并不自知

桥

2020/6/8

我从桥上走过去
以为抵达了彼岸

而彼岸已成此岸
彼岸还在对岸

彼岸到达不了
与架多少座桥无关

彼岸在终极, 同你
横渡多少回也无关

一阵风来看我

2020/6/8

它是从南窗进来的

说是来看看我，其实

把室内的书、报纸和笔记本

顺带快速翻了一遍

作风比一般领导深入

我用手压住文件

上面有工作秘密

虽然风一贯守信

不会无端乱说什么

我也不好让它看见

它在椅子上坐了会儿

把上面的灰尘吹落地上

很好的。看着我的忙碌

安心于所干的事

它起身，从门口走出去

长长的过道，响起

一声长长的呼号

它留下的足迹

表示开心和满意

它给我送来

一份格外的礼物：凉快

坐在老屋的石头上

2020/6/8

风吹着我

上上下下反复吹

像不认识我

石头还记得我

把一天存续的温热给我

后山树林子密了

云有点急

向山后那边赶

像是赴一场约会

我看山

山在看我

熟悉，恬静

山里

2020/6/9

林子在

泉水不见了

风还在

老虎不见了

庙也在

诵经声音不见了

我一直在

四月桃花不见了

思念在

寻访念头不见了

五月 (二)

2020/6/9

平常日子容易生锈

语言是一块磨刀石

咒骂是一把杀猪刀

有人血流遍地

一如暴动的月季

露出词不达意的尾巴

夜色是一件外套

也可能是被套

掩饰脸色，却不掩盖
伤口。爱，亦成谎言

——是该告别了。虽然
走不离，也无处可去

花匠如巫医，一下一下
砍下月季头颅

那就放逐吧
心如纸鸢

让你为难

2020/6/9

我不是以一棵树的方式

站在你身边

也不是以肥料的方式

守护你的美颜

不是以流水依傍着岸

而是以流水的流和逝

以逃避责任

以自我感知替代你的感受

以钟声的裂纹说着美

以时间的细碎说着无奈

更加不可原谅的是

我把风筝的线

交你手

自己乘着风

在飞

却不顾及

那线

勒着你

勒出血

并且,没日没夜

父亲

2020/6/9

那年谈了个女朋友

回家和父母说

他们没说好也没说不好

却带我回了趟乡下

到老厝转一转

（老厝快倒完了）

晚上借住在邻居家

我和父亲睡一床

（这是成年后唯一一回）

父亲不比我高多少

一起躺下时却觉得

他比我大许多

呼吸也比我粗重许多

尤其是不小心

碰到他腿上的毛

又硬又尖锐

心里有小恐惧

呛

2020/6/9

抽烟被呛一口
喉咙有难受其苦的苦

原本抽烟少
娱乐是目的

近期焦虑
烟一包一包抽

能把这一生这样快一点抽完
能把心中烦闷这样一根一根烧成灰

不吃苦
反受其苦，无人知

青草记

2020/6/9

埋骨的是青草

不是土

我本是土

土埋不了土

千里青草

野火烧不尽

青草千里

春风吹又生

想雪

2020/6/9

春天刚过

我就坐在屋子想雪

想天空痛痛快快下一场

大雪

每年要熬很久

做很多过渡和铺垫

甚至要祷告

才能遇见一回雪

有时候那雪还不是我想象的雪

不是那么洁白，不带杂质

想象的雪

在梦里静静下

像一件披风——

掩藏世界的本性

增加人间的风度

风把我的窗户关上了

2020/6/9

下午，风有点大
把我的窗户关上了

开着的窗户
是风的一条出路

太多风往里挤
终于把出路堵死了

少一条出路
窗外的风力并没有弱一点

枪毙

2020/6/10

刚毕业那年

到乡下中学教书

我学地理的却教上英语

看到学校上了四十岁的老师

感觉老得不成人样了

"人上了四十,

都应该拉出去枪毙!"

我这么想就这么说

那样活着真是浪费资源

现在我过了被枪毙的年纪

都十个年头了

不仅还活着, 可恨的是

好像还没有活明白

谈心

2020/6/10

离开雷峰中学那天

老校长约我饭后散步

我们沿着乡间公路

深一脚浅一脚走着

他跟我说第一句话

"我没把你当老师看"

我心里咯噔一下

我可很卖力教书

带学生春游秋游

一个村一个村家访

没有老师这么做过

学生中考成绩也牛逼

怎么不把我当老师看啦

"我把你当朝晖看。"

老校长接着说

我有点惊愕——

朝晖是他还在上学的儿子

是我到学校来后交的朋友

黑暗中我没能看清

老校长当时的脸色

现在，他已经去世多年

但那句话一直温暖着我

猫

2020/6/10

猫有好多鞋子
藏在不同地方
可是你找不到
从地板上跑过
可能是不穿鞋
浮在空中走动
也可能穿着鞋
走时沙沙阵响
它跳到我身上
刚开始不穿鞋
显得轻柔温顺
过会就穿上鞋
露出锋利爪子
轻搭在我肉上
开始暗暗用力

和尚

2020/6/11

我喜欢金色的阳光照在袈裟上

我喜欢淡黄的或者橙色的袈裟披挂在身上

我喜欢和尚酷酷的光头和恬静

我喜欢单纯的生活方式

但我一直没想好要不要做一名和尚

我害怕控制不了自己汹涌的欲望

我害怕独自待在空旷的殿堂里

我害怕个头那么大的菩萨突然开口和我说话

我害怕阳光一点一点晒进我的骨头缝隙

上海来了几个人

2020/6/11

准确地说，是三个人

两个刚到现岗位

一个是老同志

处长介绍自己是从报社来的

我也在报社待过

便感到有点亲切

我想说这段经历，但出口的是

"那你会不会看大家的文字

都不太满意？"

大家笑。"他们水平都很高。"

副处长开始介绍上海党建情况

"一处和一局业务对应？"

我问。大约是2014年

决定建立上海自贸区时
我提过一条建议

不成熟，没有被采纳
意思是自贸区也要成为党建试验区
那片土地不仅要长经济作物

上海是独一无二的。也要探索
建立可供学习借鉴的党建机制
茂林修竹好，流水不可缺

上海同志说，你说的很重要
我们回去向领导报告
研究好，落实好。

这不是本义。他们是不是误会了
还是当真了，一个聊天话题。
我一时难以判断

我想做的是

2020/6/11

每天早上

给花瓶换一枝花

红的如玫瑰

紫的是绣球

夏天换一枝荷

或者萱草

冬天最好是蜡梅

还有我喜欢的鹤望兰

当然，有一天

我把一束狗尾巴草插上

你也不要失望

当然，花瓶要放在木桌上

木桌要靠近大窗户

有时候，一缕阳光

刚好照着花朵

干净的影子

一直拖到地面

河流

2020/6/11

河水以流动

试图掩盖伤口

它已经接近成功

如果不是，我

站在最深的河谷

看见两岸对峙的高山

下雨了

2020/6/11

下雨了

爷爷戴上斗笠

披上蓑衣

坐在屋檐下的石条上

雨点密集打着瓦面

村子雾气蒸腾

爷爷点起一管烟

一把竹根做的烟斗

爷爷斗笠下黑色的脸

被烟雾笼着

看不清表情

只有烟火一闪一灭

爷爷磕掉烟灰

起身向田里走去。这时

雨打在斗笠和蓑衣上

一会儿，雨幕就把他吞没了

文字

2020/6/15

这些落在纸上的文字

有多少的刀光和剑影

有多少陷阱

有多少白发和不眠之夜

这些落在纸上的文字

完全按照一个人的意志生长

让我吃尽多少苦头

又让我有多少次失意和得意

大地

2020/6/15

大地一直在消减

只等一场大雪

降临，重新

呈现古意

写下古寺

2020/6/15

一粒大米和一粒尘埃

都有一座古寺

一个乡村和一户人家

都有自己的土地庙

整座江南浸泡在雨水中

他不知道，什么

在哭泣

什么在消失

芦苇

2020/6/16

1

风吹的时候，芦苇弯下
身子。显示其轻。

它不判断，也不辩白。

风过以后，芦苇抬起头
送风走，谦恭地。

2

洪水袭来，芦苇紧紧
抓住大地。以示其重。

洪水不能夺走全部
但一定是困境

3

春天一闪而过
芦苇把根深深扎进土里

或者同其他的根、石子
紧密抱在一起

这是它致力的建设
是同时间抗衡的本钱

4

你所有的事情
我都想知道想参与

你所有的爱恨
我都想承担

这是芦苇对水唯一的承诺

5

不生病的人，已经
忘了生病的可怕

脱离困境的芦苇
把困和境分开，自己

站在夕阳如火的感伤里

6

夕阳压在地平线上
它自有不堪其重

谁困于日夜的规则
芦花的白头在虚空中招展

7

没有历过秋风
哪知季节肃杀

芦苇的命运是火
不是流水，是终极的坚守

8

化成灰烬的芦苇
自重于自己的自重

因为思想和亲历，芦苇
获得高度和不安

感谢土地托举幻想
感谢天空承载重量

我钟爱我身边生长的事物

2020/6/16

我办公室养一缸水培植物

十多年只长几片叶子

珍贵的东西从来都是稀少的

现在总共也就两株

大株有四片叶子

小株有两片叶子

像翡翠小挂件

饰于玻璃缸盆缘

这太奢侈

这只能过清净的生活

我每周给它换一次清水

洗一次青苔

开心或者不开心的时候

和它们说说话

偶尔见新芽冒出

心里涌起的喜悦

令我格外安静和沉默

我不知这盆植物名字

你也不必说出

不多不少

2020/6/17

世上之物不多也不少

高山、平原和河流

飞鸟、游鱼和沉默的石头

空气不多不少

阳光不多不少

我所见识的野草、树木

以及花和果实，不多不少

云雾、蚂蚁和昆虫，不多不少

珍惜每一个遇见的人

那都是你生命中的应该

珍惜每一滴水

像珍惜这首诗中

每一个独立的词语

月下的大海

2020/6/18

月下的大海仍然是大海。

孤独过于庞大！

一个孩子，哭着，喊着

找不到家

鱼

2020/6/18

站在水塘边

我在看

一条鱼

跃出水面

又落进水里

跟上鱼群

静默游走

人群中

也经常有

一个人

离开我们

片刻

这条鱼

已经不是

刚刚跃起的那条鱼

再回来的

那个人

也已经完成

身份替换

那一闪而逝的片刻

你不知道

他是站在云端

还是追上星光

有时候

2020/6/18

我看见一只鸟

从窗前飞过

我等一会儿

再没有其他的鸟

就一只

飞过，再没有了

如果我听不见

远处有鸟鸣

有时，我

就会莫名感伤

大片土地沉入海底

2020/6/18

这是自然之诗

大片土地即将沉入海底

正如过去

大海抬起大片土地

对于无尽的迁徙

我没有怨言

我只带上乡音和诗歌

我要去的那里，依旧有

晨曦、暮色、月光

大风和雪

小树林

2020/6/18

不管在哪座城市

时不时会有

一片小树林

突然出现

许多鸟

聚集在那里

讨论人间是非

小树林静默

从来不表态

风经过　偶尔

学虎啸、学狼嚎

那些巨兽已久未见

至于蟋蟀、草蜢

也需在草丛中细寻

小树林自成体系

实现自己的小循环

形成小气候

温度不同于周边

有时候，我

远远看着

有时候，我

进去随便走走

那里的草木

有不一样的风华

有人电话我

最近小树林里

飞来一群野鸭

一只大的

八只小的

我还是感到惊奇

雨

2020/6/18

雨，最先

淋在我头上

然后才是身子

最后是脚

落在地土上的脚

每年，要下

好几场雨

但不是想下就下

雨是清洗

这个世界

是对蒙尘之心的洁净

但似乎

不包括我

每次下雨

我总找地方躲

或者撑开一把伞

雨，最多

只淋湿我的头发

我可以感受到孤寂

也可以说出雨的繁杂

但没有接受完全的清洗

我一直

带一身灰

匆匆在行走

乌云

2020/6/18

满天的乌云

写下黑

一道闪电

唱着白

黑到尽头

必有光

滞重之上，必然有

迅疾和轻捷

必然有

一阵雷声

隐秘生长

把对立的事物

高调地

串联在一起

石榴

2020/6/19

翠绿的石榴

开着粉红的花

我心里想

长石榴了

秋天的石榴

高高挂在树上

它高于我，让我仰望

它受孕于土地，低于星空

石榴果和五月花

一样红，同样的善意

我说的石榴树

长在一个杂院里

窗前

2020/6/19

暮色四合

当然不是四合院

一合，远山

二合，近树

三合，光的浓度

四合，两个人牵手散步

这是暮晚的本质

倦鸟归林

两个人散步

手牵着手

表彰

2020/6/19

那个死去的人
那个带着荣光赴死的人
受到表彰

更多人在听、在看
把他最痛的伤口
打开，评论

许多人哭了
湿了的纸巾
丢一地

蚂蚁

2020/6/19

我看一只蚂蚁

找到一条小虫

一条死去的小虫

蚂蚁从一头咬着小虫

试图拖动它

对蚂蚁来说

小虫太大了

蚂蚁又跑到另一头

还是拖不动

蚂蚁有一点点失望

它站在虫子身侧

使劲拉了几下

虫身动了动

但没能翻过身来

蚂蚁有点急了

在小虫身上爬上爬下

像是测量员

在勘测工程量

一会儿，蚂蚁

在小虫的胸前停下来

动用它的牙齿

慢慢咬

那几乎不被看见的

牙齿交替磨噬

像是蚂蚁要先自己吃饱

以便长点气力

显然我猜错了

蚂蚁要把小虫咬断

一整个下午

一只小蚂蚁

用上洪荒之力

趴在那里咬着扯着

太阳衔山时

蚂蚁背起

它能背得动的

一小截小虫

上路了

此时，星光闪烁

开灯

2020/6/19

开灯时

我看见一屋子桌椅

关灯时

我看见一房间天使

有梦想的生活

2020/6/22

五月，花谢了
紫藤回归素朴的生活
但总要有梦想
小小的，细心的
比如，傍晚

我看见紫藤的触须
伸向二楼的窗户
比如，爬在前面的芽头
还很客气地
打了个弯

早上好时光

2020/6/22

早上好时光

透明，如水晶，我看不见杂质

鸽子，我们做些什么呢？

咕咕

早上好时光

松散，如倒影，草木在生长

鸽子，我们洗脸，梳理羽毛

咕咕

早上好时光

安静，客人在路上，嘻嘻哈哈

鸽子，我们吹吹风，楼顶真凉爽

咕咕咕

早上好时光

谁在上发条，爬藤幻想，开始跑步

鸽子，我们一起穿衣打扮

咕咕咕

早上好时光

车轮转动，时间马车跑过来

鸽子，我们出发，不等别人了

咕咕，咕咕

凌霄花

2020/6/22

凌霄花开满一架子

要多么坚定，要有多少信心

才能开得这么狠、这么满

像正午

像我和你从她身边走过

她看到的，风也看到

风撩动你的发

凌霄花一朵跟着一朵，在点头

百米斜街

2020/6/22

昨天，我在百米斜街

看见一株向日葵

一筐土，就是它全部的大地

它那么瘦削，用尽全力

举着一颗金黄的头颅

寻找太阳

我想起原野的向日葵

高大，狂野，不羁

推着太阳在转动

百米斜街，有人

在向日葵身边插上一根竹竿，把向日葵的

高傲，捆绑在细细的竹竿上

洒药的人

2020/6/22

他戴着蓝口罩
背着白色喷雾器
一天两趟，从我门口经过
给楼道洒药

他沿着楼道走
机械地让机械喷出药水
谁也不知道有没有病毒
谁也不知道病毒在哪里

但每个人都觉得
头顶有一把高悬的剑
那里有命，有自己的命
每个人自觉起来，小心起来

洒药的人不知道洒什么药
也不必知道药到底有用没用
他机械地配合机械
一不小心洒进一首小诗

洗碗

2020/6/22

我到洗碗池时

一位年轻人正在洗碗筷

我和他打招呼

在他身后等候

"你放着，一会儿

我一起洗了，趁手。"他说。

我一惊，像罪人面临审判

语无伦次地答:"不，不!"

他的话，完全背离

我的道德律

一定是，我的哪件事

错误伤害到他

或者是，我的言行

造成他心里，对我

如此不堪的印象

满月

2020/6/22

满月只是一瞬
满月不过是误解

满月不关心花开
也不关心竹影
满月在乎一扇窗
关上，整夜不曾打开

满月放过自己
也曾为自己洗白
信笺上的错字
不是误笔
是心绪慌乱

满月从不统计
到底有多少离人
仰望自己，并且
许下心愿

无题

2020/6/22

写不写是一个问题
写得好写不好是另一个问题
写完自己满意不满意是一个问题
写完别人喜欢不喜欢是另一个问题

通常是被驱赶着
像牛低头拉犁
而我是白羊座，想都不想
结果，自己已经冲出去

还没开始，就已经结束

每一次花开都是还愿

2020/6/23

我想不起还能用什么表达对你的爱

我只有这一种方式

一次一次把自己打开

向着阳光的方向坦露全部的颜色

全部的芳香和全部的孤寂，甚至

我不奢求你的伫足和凝视

呈现的一刻就是枯败的开始

我照见自己，完成自己

无嗔，无怨，无喜悦

看花开

2020/6/23

每年，我
都看花开
多么静地开
就多么静地看

我不是看一朵花
不是看怎么放苞
怎么长成花骨朵
如何缓缓盛放
如何枯败

我关心
看花的感受
如果今年
保持同去年一样的
心情
人生大半是如愿了

随意

2020/6/23

雨下不下随意

月圆不圆随意

花开不开随意

你来不来随意

你走不走随意

门在那里

我没有关也没有开

茶喝不喝随意

只是，哪款茶

不是喝一杯少一杯

茶凉了，就只能倒了

问不问，你随意

答不答，我随意

好风向来是这样的

吹过，不惊动灰尘

人世间应该少一点什么

2020/6/24

其实人世间的安排

一切皆完美

所谓毛病

不过是作为人的毛病

有时希望人世间少一点什么

比如病毒

它等向人类发动进攻的时机

可以数万年计

比如排他性

这个动物身上最原始的基因

还刻印在人的血液里

写到一把刀

2020/6/24

1

其实无所谓

什么刀

菜刀、柴刀、剔骨刀

还是砍刀、镰刀、青龙偃月刀

有的人看到整把刀

有的人看到刀柄

有的人看到刀把

有的人看到刀锋

这是自然的

能完整看见刀的人

不是常人

2

我对刀锋就很模糊
只见一片白，如雪

比如，有的人看不到刀
但看得到血光飞溅

这是自然的

3

小时候上山砍柴

要先在磨刀石上把砍刀磨快

那时候不知"磨刀不误砍柴工"的话

但已深谙其中道理

磨一会儿刀，用拇指

在刀锋上一刮

有沙沙的感觉

说明刀快了

快的刀砍在树上

吃入的多，而且

顺畅，不反弹

4

有一次，那把刀
砍在我的小腿上
涌动的红和着阳光
令我恍惚。天空
从来没有那么高远

后来，我知道，天下
没有两把一样的刀
没有一把刀的轨迹
可以重述或者模仿

那令我颤栗的

2020/6/24

不是悬崖

不是突兀的雷

不是仇恨

也不是恐惧

不是黑暗中的闪电

也不是风雪中的灯火

那令我颤栗的……

是蜜蜂，停落在

一朵花芯上

是你，洪水般地

占满我的心

良善

2020/6/24

感谢！世上的行脚僧

虽然越来越少

但他们一直在

朝着远方的寺庙走

感谢！他手中的钵

容许我捐出身体少量的恶

感谢！海风对我的劝诫……

我梗着头抗命

却没有机会弥补过

我本是行僧手中的钵

——空着，没有裂痕

但心怀良善

又背负痛

又不能反悔

凭空构建一座国土

2020/6/24

在不可能中建造一种可能

黄昏，我看见

一只蜘蛛，在屋檐下

织网，在虚空中构建一座国土

像是把哲学演算成数学

哪是主干

哪是细节

心中澄明的想法

简化成线式的图谱和动作

虚空中有方向，有脉络

五根线连接着实体

金、木、水、火、土

最长的一条，连到

庭院那棵桂树上

万物皆有地理

通过桂树深入地土的

万千根须, 虚空中的网

获得生机和星辰

晚风也会讶异, 突然

多出来的国土

悬挂在无有中国土

从无中生出有

蜘蛛完成了自己

但, 不可猜度它缜密的心思

否则, 谁就是

网上的第一只猎物

有些话说出来就放松了

2020/6/24

真正难受的是

有话，说不出来

"憋在心里

像憋着一块石头"

邻居婶婶这样说

她喝下整一瓶敌敌畏

还是没能把一句话说出来

还是没有让自己放松下来

闪电

2020/6/26

人，理所当然会有

短路的时候

说傻话，干蠢事

天也会

才有克制不住的闪电

像接触不良的灯泡

一闪一灭

一折腾就是一整夜

把头发理短了

2020/6/28

从来没看见过那么短
甚至亮出一点青皮的光

似乎这样，他（她）的理论水平
就高了一寸，距离

一场雨的来路更近一点
只是，高了一寸

没能让他（她）面对槐树里
更早地闻到槐花香。也没能

让他（她）站在高原上
更高一刻见到日出。或者

领导更迅速提拔他（她）——
日常经验，不是真理。

但是，如果每次都更短一点
一年便可省下一次理发费

除了层云笼罩

2020/6/28

大半个天空是灰了

不是一直灰着

你张大眼睛在找

找不出其他的事物

一只鸟也好

没有。但也没有失望

再找就有黑斑

再找就有匆忙的身影

沿着空气的台阶

来来往往

有人走过你身边

向你点头

像是多熟识的旧人

因生计而相忘于江湖

而真相不可辨识

层云只是外衣

不是呈现，不是本体

想象抵达不了真理

蓝天之上

阳光如此猛烈

一样可以掠夺你的常识

火车，你带上我吧

2020/6/28

还有许多山水我没见过

还有许多街道我没走过

还有许多美食我没尝过

火车，你带上我吧。我不是为了这一些。

我那么喜欢你的平稳、速度和准时

你带上我吧，让我实现一次远离

把我和现实拉开距离，和我自己拉开距离

和亲人，和思念拉开距离

你带上我，穿过城市、村庄和山脉

把我放在一个陌生的地方

我能听懂鸡鸣和犬吠，听懂风铃

但我听不懂他们的谈话

我只能通过微笑和手语，乞要水和食物

人们像钉子一样在田野上劳作

受累的身体一天一天弯向大地。他们是有福的。

我在一棵大树下坐下，不看不思不想

火车，你带上我吧

在我将要枯干的身体里安上翅膀

水面以下

2020/6/29

平静的水面以下

是我的无法呼吸

水面是边界

平静是表象

表象都是暂时的

一只巨大生物

当它的头

被伟大的力

按入平静之中

水面就会激荡起来

水花四溅。喧哗

即将打碎湖的镜面

平静只是暂时的——

微风和死亡

平静和喧哗

是不是，在相互映照

也在相互抵消

完美的鸟鸣是圆的

2020/6/29

在树下听鸟鸣

有时是一声两声

像是树上掉下几颗小浆果

哪只是年少的

或者是年纪大的

都在地上滚动起来

有时是一片喧闹

像下了一阵小雨

哗啦啦响成一片

有时是片刻宁静

能够听见风
从树枝间穿过

完美的鸟鸣是圆的
像母亲慢慢搓好的元宵
在煮开的水中，一粒粒
甜甜地浮起，偶尔
会有一两个破了的
沉在锅底，就像
沙哑的鸟鸣挂在树干上

关于雨的叙述

2020/6/29

出门时，我抬头看天

雨还小，偶尔

有一点两点

打在摆动的手背上

我跑起来，雨

似乎大一些

接二连三打在脸上

有一滴直接打进眼睛

刚上车, 雨刮器不急

缓缓一把就把窗玻璃上的水刷干净

车子加速, 雨刮器急速运行

窗玻璃仍然一片模糊

雨变成水流沿挡风玻璃往下淌

哲学和物理学的结果一致:

车慢下来, 雨似乎也变小一点

慢

2020/6/30

这个时代节奏太快

树木也一样

一冒出芽就直往上蹿

有点个就四处长枝

长枝短枝, 横枝斜枝

不管不顾的

有个把专一的硬木

还没成材就被砍了

或者被盯上, 被盗了

我在茂密的山里转了整天

老村长对我说, 现在

"找一棵耐下性子

生长的红木, 太难!"

有些人走着走着就不见了

2020/6/30

甚至没有人停下来

看一眼，叫一声

更不必说伸出手

拉一下，挽一把

有些人走着走着就不见了

没有来信，也没有电话

手机里的姓名和号码

不过是存贮空间

时间是记忆的粉碎机

有些人走着走着就不见了

偶尔翻看那些文字和数字

你已拼凑不起一个人的形象

只能像看天一样

一脸茫然

铁里凝固着火焰

2020/6/30

一块铁

摸上去冰冷

在东北

如果冬天触摸铁

手会和铁

冻在一起

抽身不得

但是，你不要

被这个表象蒙蔽

曾经，铁的身体里

流动着火焰

那是能够把自己熔化的火

那是能够把水煮沸的火

现在火把自己收起来

伏在铁里

像一只驯服的兽

你再仔细一点

就能看见

兽牙冰冷的光

如果看不见

不做准备

当箭追赶着你

当剑刺向你

你会后悔不及

山顶有些凉意

2020/6/30

到了山顶，看见

那些树啊草啊

低着头

伏在地面

根须杂乱

但深深地

扎进岩石缝隙

紧紧地抓住砾石

像是害怕什么

把它们提起

置于月光的悬崖上

有时，看见

一两朵花，开得

艳不艳是一回事

大多躲在石头后面

低调，不声张

爬到山顶不容易

到山顶才发现

草木生长更不容易

这里土层薄，风大

下雨的时候

不是最先被滋养的地方

花、种子多数被冲掉

一不小心

草呵树呵也会被冲走

鸟和兽

很少在山顶安家

鹰是个例外

它实在孤独

不待在高处

孤独会淹没它、窒息它

到山顶，需要

花不小气力

到后不过是享受一点凉意

选择四处看看风景

发一通感叹

坐下歇歇脚

或者随地刻一句

到此一游

然后，下山

像落日一般仓皇

图书在版编目（CIP）数据

另外的一天 / 徐南鹏著 . -- 北京：作家出版社，2021.6（2022.2重印）
ISBN 978 - 7 - 5212 - 1210 - 5

Ⅰ.①另…　Ⅱ.①徐…　Ⅲ.①诗集 – 中国 – 当代　Ⅳ.① I227

中国版本图书馆 CIP 数据核字（2020）第 252134 号

另外的一天

作　　者：徐南鹏
责任编辑：翟婧婧
书籍设计：潘振宇 774038217@qq.com
出版发行：作家出版社有限公司
社　　址：北京农展馆南里 10 号　　邮　　编：100125
电话传真：86 – 10 – 65067186（发行中心及邮购部）
　　　　　86 – 10 – 65004079（总编室）
E – mail: zuojia@zuojia. net. cn
http: // www.zuojiachubanshe.com
印　　刷：北京盛通印刷股份有限公司
成品尺寸：130 × 185
字　　数：100 千
印　　张：10
版　　次：2021 年 6 月第 1 版
印　　次：2022 年 2 月第 5 次印刷
ISBN　978 – 7 – 5212 – 1210 – 5
定　　价：68.00 元